I0686553

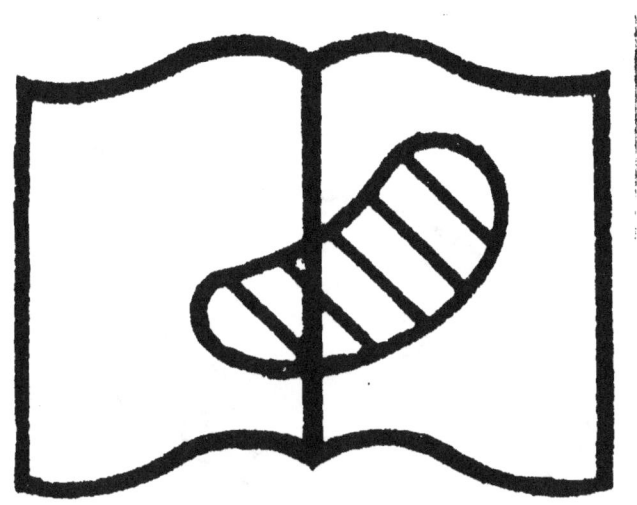

Illisibilité partielle

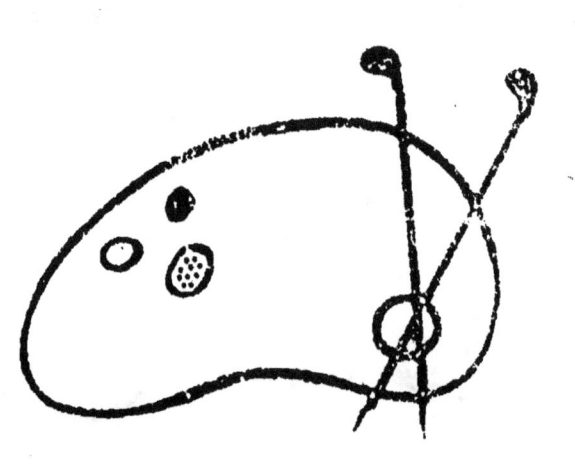

Début d'une série de documents
en couleur

COUVERTURES SUPERIEURE ET INFERIEURE D'IMPRIMEUR

IE

ODERNE

Algérie;

République et du

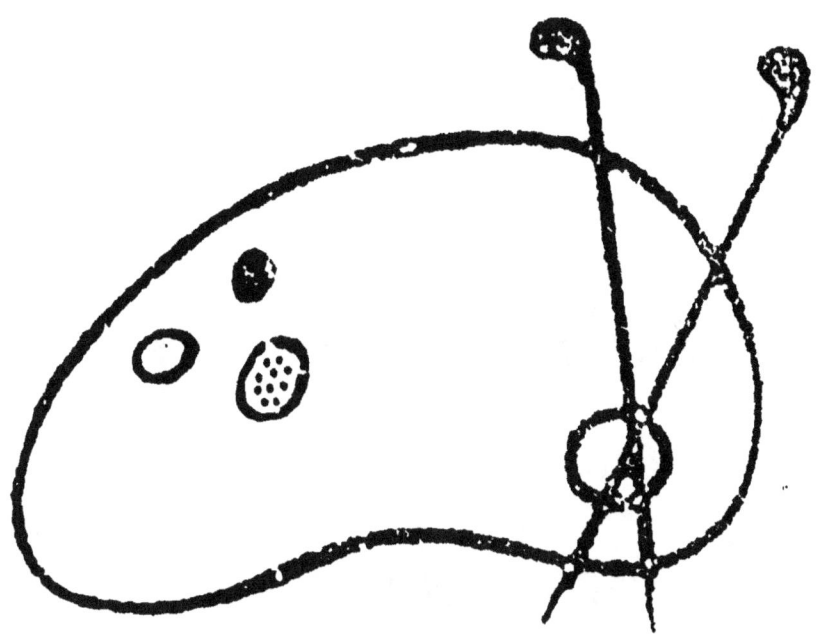

Fin d'une série de documents
en couleur

LES

BERGERS DU COLORADO

3ᵉ SÉRIE IN-32.

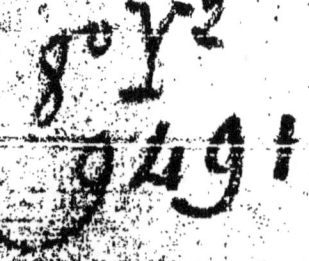

LES
BERGERS
DU COLORADO

PAR

BÉNÉDICT HENRY-RÉVOIL

LIMOGES
EUGÈNE ARDANT et Cⁱᵉ, ÉDITEURS.

LES

BERGERS DU COLORADO

Le pays, que l'on nomme le Colorado, en Amérique, est une contrée
importante qui se trouve à l'est de
l'Utah, en dehors de la réunion des ri-
vières Grant et Green, qui forment,
par leur jonction, le fleuve Colorado.
C'est là que se trouvent les plus pro-

fondes et les plus curieuses vallées —
Canons — de tout ce territoire uni.
Dans ce nombre est le *Quent Canon*,
dans lequel on entre par le nord-ouest
de l'Arisona, et dont l'étendue est de
270 milles. Les rochers qui s'élèvent
des deux côtés et forment parois ont,
à certains endroits, 3,000 pieds de hauteur. L'eau court au fond de ce précipice avec une rapidité vertigineuse, se
heurtant aux rochers, aux pierres bru-
tes qui encombrent les rives et obstruent
le lit du fleuve, si bien que ceux qui
se risquent follement par là doivent
s'estimer très heureux s'ils en sortent
sains et saufs.

Pour se rendre au grand Canon, on

passe par Kanab, vers le nord de la
ligne de l'Arisona, le long de chemins
assez bien entretenus, lesquels ont été
tracés par les Mormons et dont l'étendue est de quatre cents milles.

On arrive ainsi à la vallée de Toroweap, située par les hauteurs; et on
longe un précipice taillé dans une roche
couleur de sang, dont l'altitude est de
5,000 pieds.

Du point où le touriste se trouve, il
se dirige sur le plateau de Ray-Laï, le
plus élevé de tous ceux scindés par le
Canon. Mais, une fois parvenu sur ce
promontoire sans pareil, on jouit d'une
vue qui glace d'horreur celui qui la
contemple, surtout quand l'orage s'est

déchaîné, ce qui arrive vingt fois par mois. Dans ces moments-là, le tonnerre ressemble à des coups d'obusiers Krupp, les torrents se précipitent de la cime des monts, comme autant d'écluses ouvertes : c'est le Niagara par morceaux, retombant d'une hauteur quadruple, pour ne rien dire de trop.

Il est question d'établir un chemin de fer partant de la rive du lac Salé, lequel aboutirait aux établissements des pionniers demeurant vers le sud. Si jamais cette route se fait, — et elle se fera, — le touriste pourra aussi facilement visiter le grand Canon du Colorado qu'il lui est facile de parcourir le Central Rail road.

Dans ce pays lointain, on trouve deux centres de population : la ville de Colorado, qui fondée après le passage du colonel Frémont dans le territoire et les sources d'eaux minérales du Colodaro, qui vont devenir un endroit très à la mode dans cette partie de la Californie.

Les prairies d'un vert émeraude qui entourent ces sources servent de pâturage à des troupeaux de moutons qui varient de 150 à 200,000 têtes de bétail et à des miriades de bœufs et de vaches.

Les aventuriers mexicains font quelquefois des incursions dans le Colorado ; mais, généralement, ils se voient re-

poussés par les colons de *El Quato*, qui
sont les premiers bergers du monde.
Le gouvernement américain a favorisé
l'élevage du bétail en donnant à très
bon marché, — trois dollars par are,
— le sol de cette partie du terroir.
Aussi, dès que le ranchero, nouvelle-
ment arrivé dans le Colorado, a pris
possession du terrain concédé, il songe
à se procurer des moutons et c'est à ses
voisins qu'il s'adresse. On lui vend des
mérinos qui ne coûtent pas très cher
non plus, mais qui, bien entretenus et
bien nourris, lui donneront prompte-
ment de bons bénéfices. L'important
pour cela c'est d'avoir des hangars pour
remiser le bétail; du foin coupé et mis
en réserve pour parer aux éventualités

de la saison hivernale, saison terrible dans le Colorado, car elle se manifeste par des ouragans de neige qui ensevelissent souvent les bêtes et leur conducteur.

Dès que les sombres nuages chargés de neige commencent à s'ouvrir et à laisser tomber leur contenu dru et serré, aveuglant hommes et animaux, ces derniers se serrent les uns contre les autres et ne veulent plus avancer. Il ne reste au berger qu'une seule chance de salut, celle de s'abriter de son mieux près de son troupeau, d'attendre patiemment la fin de l'ouragan, qui dure bien souvent un jour et une nuit; puis quand le ciel s'est rasséréné, de chercher à ramener son troupeau au bercail.

Non loin de Colorado-Springs se trouve un Canon, — un *Gulf*, comme l'appellent les gens du pays, qui le désignent sous l'appellation du Big-Corral, — au fond duquel plus de 1,200 brebis furent ensevelies, il y a deux ans, pour avoir voulu suivre avec obstination le bélier conducteur qui tomba dans un gouffre plein de neige, au fond duquel toutes s'entassèrent, y compris le berger lui-même, victime avec ses animaux du mirage de la neige.

Ces tourmentes de neige sont, en effet, la ruine des éleveurs du Colorado, et l'on cite, dans le nombre de ces sinistres, celui qui eut lieu au mois de mars 1878, le plus épouvantable dont aient jamais été témoins les Canons du Colorado et toute la Californie. On évalue à plus d 25,000 moutons ou brebis, le nombre de têtes de bétail qui périt en cette occasion. La neige avait douze pieds d'épaisseur, et les troupeaux périrent de faim et de froid, après être restés trois semaines ensevelis sous ce linceul hyperboréen.

Les gens du pays prétendent que le mouton qui est ainsi sous la neige sait fort bien découvrir l'herbe et qu'il la broute sans plus s'occuper de la croûte qui le recouvre.

Depuis que les événements ont

prouvé la nécessité de se prémunir
contre de pareils désastres, on a élevé
de nombreuses bergeries dans tous les
coins du territoire et, aux premiers
symptômes d'un orage suspendu en
l'air, le berger ramène son troupeau
dans la grange où il trouve le salut et
la nourriture.

Vienne le mois de mai, la saison des
«agnelées» et tout ira bien. On sépare
alors toutes les mères de celles qui ne
le sont pas, et le nombre des premières
est toujours du double de celles qui
n'ont pas eu de progéniture.

Au mois de juin, la « tonte » occupe
tout ce monde d'escadrons américains,
et cette opération finie, chacun d'eux

fait son compte et toujours le bénéfice dépasse les espérances. Il y a peu d'exemples du contraire.

Il arrive quelquefois que la fatigue ou la nourriture consistant en certaines herbes intoxicantes ou vénéneuses, force un troupeau entier à se coucher. Le conducteur croit alors ses brebis perdues, mais il n'en est rien ; témoin ce qui arriva à un berger, l'an dernier, qui se présenta dans un rancho en s'arrachant les cheveux, et en pleurant, tandis qu'il disait qu'il s'était vu forcé le laisser dans le Nyper-Canon 1,217 brebis ou moutons mourants d'une maladie inconnue.

Quelques bonnes âmes s'émurent

d'un pareil malheur et suivirent le berger jusqu'à l'endroit indiqué, afin de porter secours à son troupeau, s'il c'était possible. Mais quand ils arrivèrent, tout était rentré dans l'ordre accoutumé : les brebis avaient recouvré la santé et broutaient comme devant : seulement les loups gris et les coyotes avaient pris leur part et soixante-dix bêtes avaient été dévorées par eux dans l'espace de six heures.

L'une des plus belles métairies du Colorado est, sans contredit, celle de M. Altserton. Hâtons-nous de dire que ce n'est pas par la construction qu'elle marque dans le pays, mais bien par l nombre des animaux dont le gentleman farmer est le propriétaire.

Le rancho, par lui-même, se compose de quatre pièces : l'une, celle qui sert d'entrée, est une salle de cinq mètres carrés meublée d'une table, d'une cuisine en fonte avec four et trous pour les casseroles et les marmites, de chaises rustiques et de quelques patères en bois ou en corne, destinées à recevoir les habits et les chapeaux du maître et de ses gens.

La seconde pièce est le garde-manger, rempli de provisions de toutes sortes, depuis le porc salé, le beurre et le biscuit — craker — jusqu'aux haricots, farines de maïs et autres *préserves* employées par les cuisiniers ou cuisinières du pays.

2

Enfin, les deux autres chambres, sont destinées au logis de nuit du maître et des employés du rancho.

L'accueil fait au touriste par ces pionniers du Colorado est toujours fort cordial, et M. Altserton se fait gloire de ne point mentir à la règle générale.

Le voyageur de qui nous tenons ces détails, nous raconta que M. Altserton, d'origine anglaise, avait servi dans l'armée et avait déserté pour se rendre en Amérique. Là, il avait également pris du service et avait fait la guerre aux Indiens. Fatigué de ce genre de vie, le *ranchoman* s'était rendu aux mines où il avait fait le métier de « gambusino » pendant deux ans. Mais, enfin, ce coureur des bois avait préféré la vie de berger dont il se trouve à merveille.

Dans les environs de la ferme de M. Altserton on va visiter celle de Bijou-Basin, où l'on montre avec orgueil 8,000 têtes de bétail dans les champs de la bergerie.

Là se trouvent groupés quelques maisons et un *store* où l'on vend des étoffes, des ustensiles de toutes sortes, de la bière et des liqueurs, rendez-vous de tous les « hacienderos » du voisinage. C'est là que l'on trouve les journaux — vieux de trois semaines bien souvent — venus de tous les coins du monde; quelques-uns du Mexique.

L'on cause affaires, politique, spécu-
lation, industrie ; on bavarde sur celui-
ci et sur celle-là, et l'on boit.

C'est à cette taverne de Bijou-Basin
que notre voyageur entendit raconter
l'histoire suivante qui mérite de trouver
place dans ce recueil.

Un homme, nommé Thomas Moore,
originaire d'Irlande avait quitté fort
jeune son pays et s'était rendu à New-
York à bord d'un navire, où il servait
en qualité de cook (cuisinier), pour
payer son passage.

La traversée fut assez longue et le
capitaine du vaisseau de commerce,
sur lequel Thomas Moore se trouvait,

apprécia ses talents culinaires à ce point qu'il lui fit un pont d'or pour le garder près de lui. Thomas consentit à faire deux ou trois traversées de Cork à New-York et à la Nouvelle-Orléans; il alla même une fois jusqu'à Valparaiso et à San-Francisco, mais une fois là, malgré toutes les instances de son capitaine, il refusa de réintégrer *l'Espérance* et resta dans le pays de l'or.

Ceci se passait en 1865 On venait de découvrir de nouveaux filons dans le Colorado, et les mineurs se portaient en foule du côté des mines. Thomas fit comme les autres; il acheta une pelle, un tamis, un fusil, des munitions, et un bidet sur lequel il plaça le tout, y compris sa personne, et partit un beau matin pour se rendre dans les montagnes aurifères. Les premiers essais de l'Irlandais furent assez infructueux ; mais il avait d'amp'es ressources pour subvenir à sa nourriture, du gibier, du poisson qu'il accommodait comme s'il eût eu à fournir la table d'un prince ; bref, il vivait.

Mais un jour, s'é'ant enfoncé dans un des Canons du Toroweap, il aperçut dans un trou de rochers quelque chose qui brillait, et, s'étant avancé, il faillit tomber à la renverse en touchant un énorme filon d'or natif, de la plus grande pureté et de la grosseur du bras. Lorsqu'il se fut bien rendu compte de la réalité de sa découverte, Thomas Moore commença par entasser pierre sur pierre dans la fissure où se trouvait son trésor, puis il retourna vers sa cabane charger sur son petit cheval tout ce qui lui appartenait et vint s'établir sur l'emplacement même du gisement qu'il comptait exploiter.

Il éleva une cabane au moyen de troncs d'arbres solides, et en fit une sorte de forteresse imprenable, de façon à défier les voleurs quand il aurait amassé son trésor. Du reste il ne commença à travailler que lorsqu'il se fut arrangé avec un banquier de Sacramento qui envoyait toutes les semaines chercher le résultat du travail et remettait un reçu en règle, de telle façon qu'au bout de six mois Thomas Moore se trouva riche de deux millions de dollars.

Tout autre que l'Irlandais eût cessé de travailler et se fût retiré dans son pays, pour jouir de l'existence et ne pas être exposé aux vicissitudes de la vie californienne; mais Thomas Moore avait des goûts simples, sa seule ambition était de devenir un riche fermier et il se hâta de satisfaire ses goûts. Son premier soin fut d'acheter une grande partie du territoire, y compris le Canon dans lequel sa « mine » était placée. Cela fait, il fit venir de San-

Francisco un architecte et des maçons qui lui bâtirent une superbe habitation, des granges, des écuries, des bergeries, et d'autres constructions d'une grande importance.

— Où diable, Thomas Moore prend-il tout cet argent pour payer ses folies ? se disaient les gens du pays. Bien sûr il a trouvé une riche mine. On disait vrai ; mais nul ne pouvait croire que ce fût dans le Canon de Toroweap, car il avait été visité pierre par pierre cinq ans avant la venue du cuisinier irlandais.

Un jour, lorsque tout fut prêt, Moore se rendit à Bijou-Bazin et acheta, argent comptant, 4,000 brebis d'un seul coup. Il engagea en même temps les hommes qui devaient avoir soin de son troupeau : ces bergers étaient au nombre de vingt-deux.

Il avait également trouvé à Sacramento une femme dont les soins devaient être dévoués à l'entretien de la maison et une cuisinière pour préparer l'ordinaire.

Il ne manquait plus à Thomas Moore qu'une femme pour partager sa fortune. Or, il avait laissé dans son village une jeune fille qui lui avait promis de l'attendre et de lui garder sa foi. Un matin, après avoir tout mis en ordre chez lui, Thomas prit le chemin de fer du Pacifique et se rendit à New-

York d'où il continua sa route pour l'Europe. Nous abrégeons cette histoire en racontant en quelques mots son dénouement.

Thomas retrouva fidèle et confiante celle dont il voulait faire sa compagne. Il ne lui raconta pas la bonne chance qui avait favorisé ses travaux; il lui dit seulement qu'il croyait devoir lui donner son nom à la condition qu'elle le suivrait en Californie, avec son père et sa mère qui vivaient encore.

Honor O'gherthy obéit aux vœux de son mari, et tout le monde se mit en route pour le Sacramento et le Colorado.

Quand on arriva à la ferme du Ca-

non de Torouuap, Thomas Moore dit à
Honor :

— J'ai voulu te faire une surprise,
ô ma bonne amie. Tout ce qui est ici
est à toi. Je suis archi-millionnaire.
Tu as lu les contes des fées ?... eh bien
mon rêve s'est réalisé et mes vœux
sont accomplis. Soyons heureux et
bénissons Dieu.

ÉGARÉ

A CENT MÈTRES SOUS TERRE

———

Il y a quelques années, deux tou-
istes passaient sur la route si mal en-
retenue du Kentucky, dans l'Amérique du Nord, et se dirigeaient du côté
les « grottes Mammoth » en franchis-
sant des ornières profondes, et des

roches entassées les unes sur les autres,
au milieu d'une forêt d'arbres à moitié
déracinés par le vent.

Les rossinantes efflanquées qui traî-
naient le *mail conch* à travers une
pluie torrentielle, dressèrent tout à
coup les oreilles. Elles « sentaient l'a-
voine »; on allait atteindre « l'hôtel des
Grottes » qui promettait bon souper
et bon gîte aux voyageurs et une
excellente provende aux bête de la
liligence.

La soirée s'écoula fort gaie, et quand
vint le moment du café et des liqueurs,
les deux touristes, tout en complimen-
tant leur hôte sur sa cuisine et sur sa

cave, lui demandèrent un guide pour visiter les grottes Mammoth.

En entendant les amis du *mail coach* parler au *land lord*, au sujet de cette excursion, un Irlandais, nommé Pat Harry, s'avança vers eux et les pria de lui permettre de se joindre à leur compagnie, en payant sa part des dépenses.

Le nouveau venu avait l'air d'un brave homme, il fut accepté sans difficulté.

Après avoir fumé quelques cigares et humé le *nigth cap* (le grog américain) de l'amitié, les trois associés allèrent se coucher.

Dès la première heure, le lendemain matin, MM. Joseph Davis et Franck Hopster étaient debouts, et l'Irlandais Harry les rejoignait dans 'c *bar-room* où le déjeuner était servi.

On paye pour droit d'entrée dans les grottes la somme d'un dollar. Dès que cette redevance fut acquittée, les trois excursionnistes se mirent en route, munis de lampes, et ils parvinrent près d'un grand trou qui ressemblait fort à l'ouverture d'un puits.

Cette excavation, d'une profondeur d'environ quarante pieds et de trois mètres de large, recevait, vers l'un des angles, les eaux d'un ruisseau qui tombaient en poussière jusqu'au fond.

Parvenu en cet endroit, les voyageurs trouvèrent un chemin plat qui s'avançait sous un arc élevé, formé par des roches taillées et aboutissant aux caves que l'on appelle la « demeure des invalides », car c'est là que résident en effet des malades à qui les médecins du pays promettent la guérison, eu égard à l'atmosphère chaude et vivifiante qui est très favorable aux poitrinaires.

Les trois voyageurs déclarèrent à leur guide que ce mode d'ensevelissement n'était pas précisément récréatif, et ni les uns ni les autres ne comprenaient que la fumée qui remplissait les cabanes fût propre à la guérison ?

des malades enfouis sous ces voûtes profondes.

Derrière ce hameau souterrain, le guide conduisit les touristes à travers un grand boyau appelé la *vallée de l'Humilité*, ainsi nommé parce qu'il faut se courber en deux pour le franchir. Au delà se trouvait une sorte d'amphithéâtre au fond duquel coulait un ruisseau plein d'eau limpide.

On parvint ensuite dans la *vallée de l'Écho*, dont les répercussions étonnèrent les voyageurs. Tout autour d'eux la plus profonde obscurité enveloppait les parois de la grotte; c'est à peine si les lanternes posées de ci, de là, pouvaient dissiper les ténèbres : mais à l'aide des torches dont le guide s'était pourvu, les visiteurs purent distinguer les murailles de p'erres *stalactifiées*, toutes couvertes d'arbustes, de plantes et de fleurs pétrifiés. Il leur semblait qu'ils se trouvaient dans un paysage exoti que, au dessus duquel planait un ora ge des plus sombres, et ils éprouvèrent comme le sentiment d'une appréhension irrésistible. Ni les uns ni les autres n'osaient proférer une parole, lorsque tout à coup le guide irlandais se mit à hurler une chanson nègre qui réussit à dérider le front des trois camarades d'excursion. L'écho répétait les mots de cette sottise rimée, si bien, qu'on eût pu croire que des esprits iavisibles se moquaient du chanteur et de ceux qui l'écoutaient.

Tout se tut enfin ; quand le guide eut prononcé la dernière syllabe, le silence le plus profond se fit dans la caverne.

A quelques pas plus loin, les excursionnistes se trouvèrent sur le bord d'un lac nommé la *mer Morte* où l'on a placé un canot destiné aux besoins des visiteurs. Ils montèrent dans cette sorte de *barque à Caron*, dont le guide avait pris la direction. Bientôt le rameur s'arrêta et, prenant un revolver à sa ceinture, déchargea, l'une après l'autre, les six cartouches dans l'espace. On eût dit, à ce moment-là, que tout s'écroulait autour des quatre hommes perdus sous ses voûtes sombres. Un parc d'artillerie s'exerçant et faisant feu de toutes parts n'eût pas produit plus de commotions simultanées.

MM. Davis et Hopster, voire même leur compagnon Pat Harry, se remirent cependant de leur émotion, causée par ces bruits inattendus, et la barque toucha bientôt le sable de la rive opposée au point de départ.

On se remit en route, tout en écoutant les histoires fantastiques débitées par le guide. Cet homme, un ex-esclave affranchi par les lois américaines après les guerres de sécession, avait appris à lire rien qu'en épelant les noms que les visiteurs conduits par lui écrivaient sur les parois de la grotte avec la fumée de leurs torches.

Il raconta aux « étrangers », qu'il découvrait en passant le premier, certains accidents qui avaient eu lieu dans les grottes par suite de l'élévation subite des eaux, lesquelles avaient empêché les visiteurs de revenir sur leurs pas.

— En pareille occurence, disait-il aux trois voyageurs, il est indispensable de sortir par un boyau humide où il faut se décider à glisser à genoux sur un lit de boue. Ce passage se nomme le *purgatoire*, et l'on comprend que s'il est ainsi appelé, c'est que ceux qui le tra-

nerse nt n'ont que ce seul moyen d'éviter une mort physique dont l'image
serait l'enfer.

Tout en songeant à cette éventua-
lité peu récréative, les visiteurs arrivèrent au *cabinet Cleveland*. C'est là
que l'on peut admirer des spécimens
de gypse que les fées semblent avoir
sculptés de leurs doigts habiles. En
effet, on ne voit en cet endroit que
rosaces bizarres, culs-de-lampe ingé-
nieusement dessinés, et mille ornements
d'une forme insolite. On se croit égaré
dans un château hanté par des êtres
surnaturels : partout on foule des fleurs
plus blanches que la neige ; les yeux
percent des dômes florentins, des mi-

narets turcs, des arbres, des spirales, des anneaux épars sur le sol, taillés dans le plus pur albâtre, et tout cela appliqué sur des parois de pierres noires comme l'ardoise.

Les règlements du Kentucky défendent aux voyageurs de rien toucher de ce qui est appendu ou appliqué aux murailles, mais ils ont la liberté de ramasser par terre tout ce qu'ils y trouvent. Il va sans dire que les visiteurs remplirent leurs bissacs de voyage de tout ce qui leur parut curieux à emporter.

Les merveilles de ces cristallisations de la grotte Mammoth du Kentucky sont réellement sans pareilles. Qu'on s'imagine voir, transformé en cristal ou en marbre, un de ces superbes bouquets que Nice expédie à Paris pendant la saison hivernale, et l'on n'aura qu'une faible idée de la richesse de cette flore factice des souterrains géants du Kentucky.

En quittant le *cabinet Clavsland*, les voyageurs se trouvèrent transportés tout à coup dans une atmosphère humide ; les rochers suintaient l'eau. Ils parvenaient en effet dans la partie des ruisseaux souterrains et ils longeaient, en les traversant de ci, de là, des courants d'une eau transparente comme le cristal, coulant sur des lits de cailloux blancs.

C'est en cet endroit que les excursionnistes s'arrêtèrent pour prendre leur repas, repas interrompu à différentes reprises par la présence de rats énormes qui hantent l'intérieur des grottes et dont la voracité est sans pareille. Leur nourriture, paraît-il, ne se compose que d'araignées et de grillons très nombreux dans les souterrains. Ces grillons sont fort gros et tout à fait blancs.

Le repas des voyageurs était terminé : ils renouvelèrent l'huile de leurs lanternes et continuèrent leur route.

Il leur fallut alors monter au lieu de descendre. Ils gravissaient une sorte

d'échelle taillée dans une étroite fissure et au dessus de leurs têtes ils
apercevaient une vigne splendide, cou-
verte de feuilles et des plus belles
grappes de raisin, qui serpentait le
long de la muraille et la couvrait de ses
guirlandes fantaisistes. Pour se convaincre que la vendange était irréali-
sable il fallait tendre la main et sentir
le froid de la pierre.

MM. Davis, Hopster et Harry se trouvèrent alors à l'entrée de la *cave aux
boules de neige*. Leur guide s'avança
au milieu de cette vaste coupole et y
alluma un feu de Bengale pour éclai-
rer le spectacle curieux qu'il voulait

faire admirer à ses « clients » étrangers.

Ces gentleman virent alors devant
eux un vrai spectacle d'hiver. Le sol
leur parut couvert de neige et il y
avait, par-ci, par-là, des amas de boules qui, en imagination, donnaient froid
aux mains. On se fût cru en plein
janvier et il ne manquait à ce spectacle que des sapins et des génevriers
saupoudrés de givre.

Peu à peu l'artifice pyrotechnique
s'éteignit et leurs rêves se dissipèrent.
La lanterne magique avait cessé de
fonctionner.

Ils avancèrent encore, sur les pas

du guide, et se trouvèrent à l'extré-
mité la plus reculée des grottes Mammoth, après avoir franchi des crevas-
ses et des précipices sans nombre. Ils
avaient ainsi parcouru cinq lieues de
pays par zigzags.

Ce point extrême des grottes Mammoth est nommé le *berceau de Péréca*.
C'est une chambre circulaire de vingt
à vingt-cinq mètres de circonférence
et de trente de hauteur. Les parois
semblent être recouvertes d'une dra-
perie de pierre jaune dont les plis
majestueux offrent à la vue les peintu-
res d'un rideau de théâtre. Le guide
déclara à ses « clients » que c'était en
cet endroit que se réunissaient les fées

du souterrain, pour y prendre leurs ébats.

Un ruisseau coule dans un angle de la salle, sur un lit de cailloux : c'est à peine si son murmure se fait entendre, et l'eau en est d'une limpidité cristalline.

— Venez par ici, gentlemen; nous retournons sur la terre, mais par un autre chemin, dit alors le guide aux touristes ; seulement, vous allez éteindre vos lanternes, comme je le fais moi-même, afin de vous rendre compte de ce que c'est qu'une véritable obscurité dont on n'a aucune idée sur la terre.

MM. Hopster, Davis et Harry se re-
fusaient à obéir à cette injonction,
mais le guide leur dit que rationnelle-
ment rien ne leur serait plus facile
que de rallumer leurs « lucioles »
quand bon leur semblerait. Cette raison péremptoire suffit pour convaincre
nos voyageurs timorés.

Ceux-ci, se tenant par la main, res-
tèrent ainsi, pendant cinq minutes,
sans bouger, mais non sans éprouver
une certaine émotion. Lorsqu'ils frot-
tèrent leurs allumettes et les approchèrent de la mèche de leurs lanternes, on eût pu voir sur leur visage
une émotion qui avait produit chez eux

une pâleur cadavérique. Ils avaient eu peur.

On arriva quelques instants après à la *chambre étoilée*, voûte constellée de facettes multiples, où l'on cherchait vainement une lune absente.

L'étoile polaire se trouvait cependant à l'un des angles de la paroi la plus élevée.

Cette grotte est taillée pour ainsi dire dans une mine de micas et c'est de là que lui vient son nom.

Le guide fit ensuite passer ses gentlemen dans le *dôme d'Young* où il alluma un autre feu de Bengale, afin de montrer la hauteur des parois don la lumière ne pouvait pas franchir la distance surélevée. Cette salle est la plus incommensurable de toutes celles des grottes Mammoth.

Au moment où les quatre personnes pénétraient dans un couloir assez long, le guide poussa un cri et les trois compagnons de voyage reculèrent comme par un accord simultané.

— Qu'est-ce ? demanda M. Hopster à l'Irlandais.

— Bonté divine ! Dieu vivant ! s'écria celui-ci : un cadavre !

— Est-ce vrai ? répliqua M. Davis.

Et les trois voyageurs s'approchèrent

4

rapidement du guide, qui leur montre étendu sur le sol les restes d'un homme dévoré par les rats. Des lambeaux de chair et de nerfs tenaient encore aux ossements blanchis de cette victime inconnue.

— C'est horrible! murmura Pat Harry : qui cela peut-il être? mais je ne me trompe pas, voici un papier crispé dans la main du cadavre. C'est un indice.

Tout en parlant ainsi, Pat avait tiré avec les plus grandes précautions le chiffon froissé, que la dent des rats avait épargné, trouvant une nourriture plus substantielle dans les flancs de cet

infortuné voyageur égaré à cent mèt... ..
sous terre.

Le papier en question ne contenait
que quelques lignes, dont voici la
teneur :

« Je me nomme John Perceval : je
suis venu ici en compagnie de quatre
personnes de Charlestown, dont l'une
Samuel Cooper, mon cousin, avait com-
ploté ma perte. Il avait gagné les trois
coquins dont le nom m'est inconnu,
afin de m'abandonner au milieu des
grottes. Son but était de me voler ma
fortune et d'épouser ma fiancée. Les
misérables m'ont garrotté et laissé seul
dans la *chambre étoilée*. Ils sont partis,
et c'est après avoir fait des efforts

inouïs que j'ai pu me débarrasser des cordes dont mes membres étaient liés. J'avais sur moi des allumettes et j'ai retrouvé ma lanterne, oubliée par mes assassins sur le sol. Voici trois jours et trois nuits que je parcours les méandres des caves sans retrouver mon chemin. Je suis perdu, ma lampe va s'éteindre, mais sur un de feuillet de mon portefeuille j'écris cette dénonciation véridique. Prêt à paraître devant Dieu, je jure que j'ai dit la vérité. Vengez-moi !!! »

Les touristes tremblaient en écoutant la lecture de cette déclaration terrifiante. M. Hopster déclara qu'il irait la porter au juge du comté, dès qu'il serait sorti de l'intérieur de la grotte.

Le retour fut triste : on repassa la *rivière des échos* et l'on se croisa avec une société d'excursionnistes, dans laquelle se trouvaient des dames dont la gaîté ne parvint pas à rendre le calme aux trois gentlemen fortement impressionnés.

Le guide apprit à son collègue, directeur de la troupe joyeuse, qu'il avait quelques chose à lui dire, et il lui raconta à voix basse ce qu'il avait découvert, en l'engageant à éviter cet endroit lorsqu'il ramènerait sa société hors des grottes.

Puis chaque groupe s'éloigna dans

une direction différente. A peine de retour à l'hôtel, les trois visiteurs demandèrent à l'hôte où demeurait le juge et ils se rendirent près de lui avec le guide.

Le magistrat écouta le récit de leur funèbre découverte, et prit connaissance du papier que lui remit M. Hopster.

— Mais je connais ce misérable nommé Cooper! Il est mon voisin, et il est venu me déclarer, il y a un mois, que son parent était tombé, par accident, dans le gouffre appelé le *Maëlstrom*. Il a pris le deuil et joué admirablement la comédie.

Pour terminer cette histoire, nous dirons que le misérable Cooper passa devant la *court of session* avec ses complices. Il fut déclaré coupable; mais comme il n'avait pas souillé ses mains du sang de son semblable, il fut seulement condamné à deux ans de *hard labour* et envoyé à Sing-Sing.

Ce fut un bonheur pour la jeune fille qu'il voulait épouser : car elle eût, — sans la découverte du cadavre de son fiancé, un peu trop vite oublié, puisqu'elle se laissait courtiser par Cooper quelques jours après la prétendue chute dans le « Maëlstrom » de celui avec qui elle avait flirté pendant six mois, — elle eût épousé, disons-

nous, un criminel indigne de toute
affection et de tout pardon sur la
terre.

———

LES

MAÇONS SUR L'ÉCHELLE

(Extrait de *Berquin*.)

Monsieur Durand se promenant un jour avec le petit Albert, son fils, dans une place publique, ils s'arrêtèrent devant une maison qu'on bâtissait, et qui était déjà élevée jusqu'au second étage.

Albert remarqua plusieurs manœuvres placés l'un au-dessus de l'autre sur les bâtons d'une échelle,

(57)

qui haussaient et baissaient suc-
cessivement leurs bras. Ce spectacle
piqua sa curiosité.

— Mon papa, s'écria-t-il, quel
jeu font ces hommes-là? Appro-
chons-nous un peu du pied de
l'échelle.

Ils allèrent se placer dans un
endroit où ils n'avaient aucun
danger à craindre. Ils virent un
homme qui allait prendre un moellon dans un grand tas, et le portait
à un autre homme placé sur le
premier échelon. Celui-ci, élevant
ses bras au-dessus de sa tête, pré-
sentait le moellon à un troisième
élevé au-dessus de lui, qui, par
la même opération, le faisait passer

à un quatrième ; et ainsi, de mains en mains, le moellon parvenait en un moment à la hauteur de l'échafaud sur lequel étaient les maçons prêts à l'employer.

— Que penses-tu de ce que tu vois? dit M. Durand à son fils. Pourquoi tant de personnes sont-elles employées à bâtir cette maison? Ne serait-il pas mieux qu'un seul homme y travaillât, et que les autres allassent faire chacun leur édifice ?

— Vraiment, oui, mon papa, répondit Albert. Il y aurait alors bien plus de maisons qu'il n'y en a.

— As-tu bien pensé, répondit M. Durand, à ce que tu me dis là, mon fils? Sais-tu combien d'arts et de métiers appartienent à la construction d'une maison comme celle-ci? Il faudrait donc qu'un homme seul, qui entreprendrait l'édifice, se formât dans toutes ces professions : en sorte qu'il passerait sa vie entière à acquérir ces diverses connaissances, avant de pouvoir être en état de commencer un bâtiment.

Mais supposons qu'il pût s'instruire en peu de temps de tout ce qu'il doit savoir pour cela. Voyons-le tout seul, et sans secours, creuser d'abord la terre pour y jeter ses fondements, aller chercher ensuite ses pierres, les travailler, gâcher le mortier, le plâtre et la chaux, et préparer tout ce qui doit entrer dans la maçonnerie. Le voilà qui, plein d'ardeur, dispose ses mesures, dresse ses échelles, établit ses échafauds; mais dans combien de temps penses-tu que sa maison puisse être élevée jusqu'au toit?

— Ah! mon papa! je crains bien qu'il ne vienne jamais à bout de l'achever.

— Tu as raison, mon fils; et il en est de cette maison comme de tous les travaux de la société. Lorsqu'un homme veut se retirer à l'écart et travailler pour lui seul; lorsque, dans la crainte d'être obligé de prêter ses secours aux autres, il refuse

d'en emprunter de leur part, il ruine
ses forces dans son entreprise, et se
voit bientôt contraint de l'abandonner. Au lieu que si les hommes se
prêtent mutuellement leur assis-
tance, ils exécutent en peu de temps
les choses les plus embarrassées et
les plus pénibles, et pour lesquelles
il aurait fallu le cours d'une vie
entière à chacun d'eux en parti-
culier.

Il en est aussi de même des plai-
sirs de la vie. Celui qui voudrait en
jouir tout seul n'aurait à se procurer qu'un bien petit nombre de
jouissances. Mais que tous se réu-
nissent pour contribuer au bonheur

\ les uns des autres, chacun y trouve sa portion.

Tu dois un jour entrer dans la société, mon fils : que l'exemple de ces ouvriers soit toujours présent à ta mémoire. Tu vois combien ils s'abrégent et se facilitent leurs travaux par les secours mutuels qu'ils se donnent. Nous repasserons dans quelques jours, et nous verrons leur maison achevée. Cherche donc à aider les autres dans leurs entreprises, si tu veux qu'ils s'empressent à leur tour de travailler pour toi.

FIN.

TABLE

FIN DE LA TABLE.

Limoges. — Imp. E. Ardant et Cᵉ.

L'ITA

ANCIENNE &

Par F

Auteur de l'histoi

histoire de la Suisse, histoir

Consu